ベッツィ・メイとにんぎょう

イーニッド・ブライトン 作
ジョーン・G・トーマス 絵
小宮 由 訳

岩波書店

TALES OF BETSY-MAY

Text by Enid Blyton
Illustrations by Joan Gale Thomas
(a.k.a. Joan Gale Robinson)

This Japanese edition published 2015
by Iwanami Shoten, Publishers, Tokyo
by arrangement with Deborah Sheppard.

ベッツィ・メイと にんぎょう　もくじ

表紙デザイン・描き文字　平澤朋子

1

ベッツィ・メイと
鳥《とり》のえさ台《だい》

ベッツィ・メイは、小《ちい》さな女《おんな》の子《こ》です。

ベッツィ・メイの住《す》む村《むら》に冬《ふゆ》がきました。庭《にわ》であそぶときには、コートをきて、レギンスをはき、ぼうしをかぶり、毛糸《けいと》のマフラーをまき、手《て》ぶくろをします。

外《そと》にいる鳥《とり》たちは、冬《ふゆ》がきらいで、スズメは、こんなふうにないていました。

「チュン、チュン！　たべものがみつかんない！」

コマドリも、ないていました。

「トゥリリリィ！　こんなに地面《じめん》がかたいと、ミミズがさがせない！」

シジュウカラも、クロウタドリも、ツグミも、おなかをすかせて、ないていました。

ある朝《あさ》、むねの赤《あか》いコマドリが、ベッツィ・メイのへやのまどまでとんできて、まどガラスをつっつきました。

コツコツコツ、コツコツコツ！

「みて！　ベッツィ・メイ」ベッツィ・メイのせわをしてくれる、乳母《うば》のナニーさんがいいました。「いつものコマドリがきてますよ！　はやくパンくずをちょうだいですって」

ベッツィ・メイは、このコマドリに、毎日《まいにち》えさをやっていたのです。ベッツィ・メイは、いそいでパンくずをもってくると、まどをあけ、外《そと》のまど台《だい》においてやりました。

庭《にわ》の木《き》には、おなかをすかせた鳥《とり》が、まだたくさんいました。ベッツィ・メイは、なんだかかわいそう、とおもいました。

「ナニーさん、あたし、鳥《とり》にえさをやるのに、ちょっとしかパンくずをもってこなかったわ」と、ベッツィ・メイはいいました。「でも、えさをほしがってる鳥《とり》は、たくさんいるみたい。ねえ、どうしたらいい？　みんな、さむくて、おなかがぺこぺこなのよ」

「そうねえ。じゃあ、鳥《とり》のえさ台《だい》をつくったらどうかしら？」と、ナニーさんはいいました。「庭師《にわし》のビドルさんにたのんでみましょう。えさ台《だい》があれば、そこにごはんののこりとかをおいて、鳥《とり》たちにやれるでしょ？　そうすればきっと、えさ台《だい》は、鳥《とり》たちのパーティー会場《かいじょう》になるわ」

庭師《にわし》のビドルさんは、「おやすいごよう」といって、ひきうけてくれました。ビドルさんはまず、古《ふる》くなったほうきの柄《え》をもってきて、柄《え》のてっぺんに、板《いた》をくぎでうちつけました。それを、ベッツィ・メイのへやのまどからよくみえるところまではこび、柄《え》のもういっぽうのはしを地面《じめん》につきたてました。これでできあがりです。

「一本足《いっぽんあし》のせいたかさん！」ベッツィ・メイは、えさ台《だい》をみて、うれしそうにいいました。「鳥《とり》たち、ぜったいよろこぶわ。ねえ、ナニーさん！　ママ！　みて、みて！」

ナニーさんとママが、やってきました。ふたりとも、えさ台《だい》をみて、とてもよろこびました。ママは、古《ふる》いお皿《さら》をもってくると、それに水《みず》をいれて、えさ台《だい》にのせてくれました。

「これで鳥《とり》たちが水《みず》をのめるわ」と、ママはいいました。

「それか、水《みず》あびするかも！」と、ベッツィ・メイはいいました。「だってあたし、まえにみたもの。おとなりのこいぬの水皿《みずざら》に、コマドリがはいってパシャパシャやってるとこ」

それから毎朝《まいあさ》、ベッツィ・メイは、パンくずを鳥《とり》のえさ台《だい》におきました。ときには、ミルク・プディングもこまかくしておいたり、皮《かわ》つきのジャガイモが朝《あさ》ごはんにでたときには、それをまるまるひとつ、おいたりしました。そのジャガイモを、ツグミがよろこんでたべたこと！　えさ台《だい》は大《おお》にぎわいでした。

「さんぽにいったら、木《き》の実《み》もあつめてやりましょう。さんぽがたのしくなるわよ」と、ナニーさんがいいました。

そこでベッツィ・メイは、さんぽをしながら、いろいろな木《き》の実《み》をあつめました。イバラやサンザシの実《み》、たくさんなった、むらさき色《いろ》のイボタノキの実《み》、まるでゼリーのようにきれいな朱色《しゅいろ》のイチイの実《み》。これは、ツグミと、クロウタドリの大《だい》こうぶつです。

「ねえ、これってぜんぶ、あたしはたべちゃだめなんでしょう？　きっと病気《びょうき》になっちゃうから」ベッツィ・メイは、ナニーさんにききました。

「そうね。あなたがたべられる実《み》は、ブラックベリーだけね」と、ナニーさんがいいました。「あ、そこのいけがきにアザミがある。ほら、わた毛《げ》になってるのがあるでしょ。あのわた毛《げ》を、ふうとうにいれて、よくふるの。そしたら、わた毛《げ》とたねがはなれるから、たねだけとって、えさ台《だい》においとくといいわ。アザミのたねはね、フィンチっていう鳥《とり》がよくたべるのよ」

そんなこんなで、鳥《とり》のえさ台《だい》には、いろいろなものがならびました。そして、鳥《とり》たちは、どれもこれもたいへん気《き》にいってたべてくれました！

「チュン、チュン！」と、スズメがなきました。「わたしたちは、たねと、パンくずと、ジャガイモがすき！」

「トゥリリリィ！」と、コマドリもなきました。「わたしたちは、パンくずと、ミルク・プディングがすきよ！」

「ピロロ、ピロロ！」ツグミとクロウタドリが、なきました。「わたしたちは、イチイの実《み》と、ジャガイモがすき！」

「ピーヒョロ、ピーヒョロ！」と、シジュウカラがなきました。「わたしたちには？　わたしたちには、なにがあるの？」

「ねえ、ナニーさん。シジュウカラには、なにをあげたらいい？」と、ベッツィ・メイがききました。

「そうねぇ、ココナッツをやったらどう？　きっと、すきだとおもうわ」

さっそくママにココナッツを買《か》ってもらうと、庭師《にわし》のビドルさんが、半分《はんぶん》にわって、それぞれにひもをとおしてくれました。ベッツィ・メイは、それをえさ台《だい》からぶらさげてみました。

すると、シジュウカラは大《おお》よろこび。日《ひ》がな一日《いちにち》、ココナッツにとまって、ぶらぶらゆれながら、中《なか》の実《み》をうれしそうにつっついていました。ベッツィ・メイもよろこんで、ずっとながめていました。

「鳥《とり》にこのほねをやりましょう」ある日《ひ》、ナニーさんがそういって、ベッツィ・メイに大《おお》きなほねを一本《いっぽん》くれました。

「え？　鳥《とり》って、ほねもすきなの？」ベッツィ・メイは、びっくりしました。

ベッツィ・メイは、よくわからないまま、えさ台《だい》にほねをつるしてみました。するとどうでしょう。シジュウカラがほねにとまって、ブランコみたいに、ゆらゆらと、あそびはじめたではありませんか。つぎに、よくばりなムクドリがとまって、ほねをコツコツとついばみだしました。なんておもしろいんでしょう！

ときどき、コマドリが水皿《みずざら》にビシャンと、とびこんで、パシャパシャと水《みず》あびするのもみかけました。そのようすがとてもおかしかったので、ベッツィ・メイは、おもわずわらってしまいました。それから二羽《にわ》のムクドリが、つるしたほねにとまって、おしあいへしあいのけんかをしているのもみました。それもやっぱ

J GALE THOMAS

りおかしくて、わらってしまいました。

「ああ！　あたし、鳥《とり》のえさ台《だい》が大《だい》すき。だって、おもちゃであそぶのとおなじくらい、おもしろいんだもの」と、ベッツィ・メイはいいました。「ねえ、ママ。鳥《とり》たちきっと、よろこんでるわよね？」

「もちろんよ」と、ママはいいました。「春《はる》になったら、鳥《とり》たちはきっと、あなたにおんがえししてくれるわ。朝《あさ》からばんまで、きれいな歌声《うたごえ》をきかせてくれるの。それはね、あなたに、どうもありがとうって、いってるのよ」

鳥《とり》のえさ台《だい》って、ほんとうにおもしろそうですね。

2

ベッツィ・メイ
にんぎょうをかす

ベッツィ・メイは、にんぎょうをたくさんもっています。なかでもいちばんのお気《き》にいりは、アプトンでした。

アプトンは、いつもにっこりわらっているにんぎょうで、赤《あか》い上着《うわぎ》をきて、しましまのズボンをはいていました。かみの毛《け》はボサボサで、ベッツィ・メイがいくらブラシでとかしても、すぐにもとにもどってしまうのでした。

ある日《ひ》、なかよしの友《とも》だち、ピーターがあそびにきました。

ベッツィ・メイがピーターのうちへいく

と、ふたりは、汽車《きしゃ》のおもちゃであそぶのですが、ピーターがベッツィ・メイのうちにくると、にんぎょうやこいぬのタビーとあそびます。

ベッツィ・メイとピーターは、おやつに、たまごのサンドイッチと、ケーキ、それからチョコレートビスケットをたべ、ごちそうさまをいうと、すぐさまベッツィ・メイのへやにいきました。

ピーターが、アプトンをみつけました。

「この子《こ》、いいね。にっこりしてる。なんでわらってるんだろう?」ピーターは、アプトンを手《て》にとりながらいいました。

「わかんない。でも、いつもわらってるの」と、ベッツィ・メイはこたえました。「ねえ、ピーター。そんなふうに、ぎゅっともたないで。この子《こ》きっと、いやがってるわ」

ピーターは、それからずっと、アプトンをもったまま、はなしませんでした。

そして、そのうち、アプトンの服《ふく》をぬがそうとしはじめました。

「アプトンは、服《ふく》をぬがないの」と、ベッツィ・メイはいいました。

「でも、ねむたいから、きがえるんだって」と、ピーターはいいました。

「そんなこと、いってないわよ」

「いや、ぬぎたいんだよ。そういったもん」

「あたしには、きこえなかった。それに、この子《こ》のことは、あなたより、あたしのほうがよくしってるのよ」

それでもピーターは、アプトンの服《ふく》をぬがしにかかりました。上着《うわぎ》は糸《いと》で、からだにぬいつけてあったのですが、ピーターは、糸《いと》をむりやりちぎって、ぬがせてしまいました。それからズボンもぬがせると、アプトンは、はだかんぼうになってしまいました。

「これじゃ、みっともないわ」と、ベッツィ・メイはいいました。「それに、いやっていってる」

「でもほら、わらってるよ。はだかんぼうがすきなんだよ。かわいいなぁ。ねえ、アプトンのパジャマはどこ?」

「そんなものないわ。あったらいいんだけど。あたし、こんなかっこうのアプトン、みたくない」

ふたりは、ほかのにんぎょうのパジャマや服《ふく》をきせてみましたが、どれも大《おお》きすぎたり、小《ちい》さすぎたりで、アプトンにあうものはありませんでした。

そこへ、ピーターのママの声《こえ》がしました。

「そろそろかえりますよ」

「ねえ、アプトンをかしてくれない? きょうだけ。あしたかえすから」と、ピーターがいいました。

「どうします?」と、ナニーさんがききました。「ピーターなら、きっと、だい

じにしてくれるとおもうけど」

「かしたくない」ベッツィ・メイは、顔《かお》をまっ赤《か》にしていいました。「だってアプトンは、さむいんだもん。服《ふく》をきてないんだから」

「じゃあ、服《ふく》をきせてやれば?」と、ナニーさんはいいました。「そしたらいいでしょ?」

ところが、どういうわけか、ぬがせた服《ふく》が、どこにもみあたりません。そこでけっきょく、アプトンは、はだかんぼうのまま、ピーターのうちへいくことになりました。

ベッツィ・メイは、とてもかなしくなりました。でも、友《とも》だちにはしんせつにしなくちゃいけない、とおもったので、かなしい顔《かお》はみせず、ピーターに、「バイバイ」といいました。

「この子《こ》は、にんぎょうのなかで、いちばんかわいいや」ピーターは、アプトンをかかえて、にこにこ顔《がお》でかえっていきました。

夜《よる》、ベッツィ・メイは、おふろにはいり、それからベッドでねようとしましたが、アプトンのことが、あたまからはなれませんでした。アプトンはいまごろ、しらない場所《ばしょ》で、きるものもなく、きっとこごえているでしょう。そうおもうと、ベッツィ・メイは、しくしくなきだしてしまいました。

「どうしたの、ベッツィ・メイ？」ナニーさんが、びっくりしてききました。

「どこかいたいの？」

「ううん」と、ベッツィ・メイはこたえました。「アプトンのこと。あたし、やっぱりかさなきゃよかった。だって、アプトンはあたしのだもん」

「ピーターにかしてあげたことは、とってもしんせつなことだったわ、ベッツィ・メイ」ナニーさんは、ふとんをかけなおしながらいいました。「アプトンのことは、しんぱいいらない。きっとピーターのおかあさんが、ショールとか、なにかあたたかいものので、くるんでくれてるわ。だから、ちっともさむくない。それにピーターも、アプトンといっしょでよろこんでるだろうし、あしたになれば、かえってくるんだから」

ベッツィ・メイはそういわれると、ピーターにしんせつにできたことが、うれしくなりました。そして、ピーターも、アプトンにしんせつにしてくれてるといいな、とおもいながら、ようやくねむりにつきました。

つぎの日《ひ》の午後《ごご》、ベッツィ・メイは家《いえ》のまえで、ちょうどこっちへやってくるピーターにあいました。ピーターは、アプトンをもっていました。

「やあ、ベッツィ・メイ。アプトンをかえしにきたよ」と、ピーターはいいました。「きのうの夜《よる》、ぼくずっと、アプトンをだきしめながらねたんだ。アプトンは、うれしかったみたい。ぼくもうれしかった」

ピーターは、ベッツィ・メイにアプトンをさしだしました。

するとそれをみたベッツィ・メイは、びっくりしました。

「あれ！　アプトンがドレスをきてる！」

「そう！　ネグリジェだってさ。ママがアプトンをみて、なにかきせなくちゃっていって、ぼくがばんごはんをたべてるあいだに、つくってくれたんだ。かわいいだろ？　でも、ママが、この子《こ》は男《おとこ》の子《こ》だから、ネグリジェよりもパジャマのほうがいいわねっていって、こんや、パジャマもつくってくれるんだって。きみがしんせつにしてくれたから、おれいだってさ」

ベッツィ・メイは、うれしすぎて、ことばがでませんでした。アプトンをそっとうけとると、それからぎゅっとだきしめ、にっこりほほえみました。そして、ようやくこういいました。

「あたし、ずっとこの子《こ》に、夜《よる》、きせるものがほしかったの。あたし、こんなぴったりなネグリジェ、みたことないわ。それに、パジャマももらえるなんて。

ああ、とってもうれしい！」

「ピーターにしんせつにしてよかったわね、ベッツィ・メイ」と、ナニーさんがいいました。「しんせつって、こうやってかえってくるのね」

アプトンは、いまや、りっぱなにんぎょうです。あるときは、ネグリジェをきてねますし、またあるときは、パジャマをきてねるのですから。どっちのアプトンも、みてみたいですね。

3

ベッツィ・メイと庭師《にわし》のビドルさん

庭師《にわし》のビドルさんは、まいしゅう水《すい》よう日《び》と金《きん》よう日《び》、ベッツィ・メイのうちにきて、庭《にわ》の手入《てい》れをしてくれます。ベッツィ・メイは、ビドルさんとおはなしするのが大《だい》すきで、水《すい》よう日《び》と金《きん》よう日《び》は、いつも庭《にわ》にいました。

「ビドルさんって、すてきな名前《なまえ》ね」ベッツィ・メイは、ナニーさんにいいました。「あたしもビドルって名前《なまえ》だったら、よかったのに」

「じゃあ、あなたのあたらしいにんぎょうの水兵《すいへい》さんを、ビドルって名前《なまえ》にしたら？」と、ナニーさんがいいました。「あのにんぎょう、まだ名前《なまえ》がなかったでしょう？」

「いやよ。あたし、いつか庭師《にわし》のにんぎょうをもらったら、ビドルって名前《なまえ》にするわ。水兵《すいへい》さんにつけちゃったら、もったいないもん」

ある日《ひ》、ビドルさんは、ベッツィ・メイに、スノードロップの花《はな》たばをくれました。ビドルさんが、じぶんのうちの庭《にわ》でさいたものを、もってきてくれたのです。ベッツィ・メイは、びっくりしたのと、うれしいのとで、ほっぺたがピンク色《いろ》になりました。

「ありがとうございます、ビドルさん」ベッツィ・メイは、おれいをいうのをわすれず、それから、いそいで家《いえ》にかけこむと、ナニーさんとママにみせました。

「まあ、ビドルさんって、しんせつねぇ！」と、ママがいいました。「このかわいいお花《はな》をあげたら、きっとよろこんでくれるだろうって、おもったんでしょう

J GALE THOMAS

ね」

「あたし、これ、花《か》びんにさして、じぶんのへやのテーブルにおく！」

ベッツィ・メイは、小《ちい》さな花《か》びんをもってくると、水道《すいどう》の水《みず》をゆっくりいれました。そして、花《はな》たばのひもをほどき、一本《いっぽん》ずつ花《か》びんにさしました。花《はな》は、ずいぶんたくさんありました。

ベッツィ・メイは、スノードロップの小《ちい》さな白《しろ》い花《はな》をみて、まるで鈴《すず》みたい、とおもいました。もちろん、鈴《すず》の音《おと》はしませんが、それでもちょこんとさわって、花《はな》をひとつずつゆらしてみました。

ビドルさんは、つぎにきたとき、タバコのおまけについているカードを二《に》まい、ベッツィ・メイにくれました。二《に》まいとも、どうぶつの絵《え》で、一《いち》まいはゾウで、もう一《いち》まいはクマでした。ベッツィ・メイは、りょうほうとも、とても気《き》にいりました。

「わあ、ありがとうございます、ビドルさん。ほんとにありがとう」ベッツィ・メイはおれいをいいました。「ピーターも、このおまけのカードをあつめてるのよ。ピーターって、あたしの友《とも》だち。まえにカードをみせてくれたの。でも、ピーターはたぶん、ゾウのカードとクマのカードは、もってなかったわ。あたし、カードをもらえるなんて、おもってもみなかったけど、きょうからじぶんのがあるのね」

その日《ひ》、ベッツィ・メイは、カードを百回《ひゃっかい》はながめました。そして、つぎにピーターとあったとき、カードをみせました。すると、ピーターは、そのカードをとてもほしがりました。

「ごめんね。これはあたしのなの」ベッツィ・メイは、ピシャリといいました。「ビドルさんがあたしにくれたの。これをだれかにあげちゃったら、ビドルさん、きっとがっかりするわ」

「じゃあ、とりかえっこしよう。きみがゾウのカードとクマのカードをくれたら、ぼくのカードを二《に》まいあげるよ」と、ピーターがいいました。

それでもベッツィ・メイは、ことわりました。ピーターがほしいとおもっているカードを、じぶんがもっているなんて、ちょっとえらくなった気分《きぶん》です。

ベッツィ・メイは、ビドルさんがくるたびに、まるでこいぬのように、ビドルさんのまわりを、くるくるとついてまわりました。そして、ふたりは、いつもたのしいおしゃべりをするのでした。

あるとき、ビドルさんは、ベッツィ・メイにめずらしい石《いし》をくれました。庭《にわ》をほっているときに、ぐうぜんでてきたものだというのです。

それは、青《あお》い石《いし》で、ところどころにピンク色《いろ》のしまもようがありました。ベッツィ・メイは、これはきっとまほうの石《いし》にちがいない、とおもいました。

「とっときなさい、おじょうさん」と、ビドルさんはいいました。

ビドルさんは、いつもベッツィ・メイのことを「おじょうさん」と、よぶのです。そうよばれると、ベッツィ・メイは、なんだか、おとなになったような気《き》がしました。

ベッツィ・メイは、その石《いし》をながいこと、ほれぼれとながめていましたが、とてもだいじそうなものにみえたので、もらってはいけない、とおもいました。

「だめ。これはビドルさんがみつけたんだもの。だからビドルさんのものよ」

と、ベッツィ・メイはいいました。「ビドルさんがもってて、ときどきみせてくれればいいわ」

すると、ビドルさんはわらって、ベッツィ・メイの手《て》をとると、手《て》のひらに青《あお》い石《いし》をのせ、ゆびをおって、くるむようにしてくれました。

「いいんだよ。これはおじょうさんのものだ」

ベッツィ・メイは、うれしくてうれしくて、おれいになにができるだろう、といっしょけんめいかんがえました。

そこでベッツィ・メイは、ビドルさんに、たんじょう日《び》はいつなのか、たずねました。

「じつは、つぎの水《すい》よう日《び》なんです」と、ビドルさんはこたえました。

「ほんとう？」ベッツィ・メイは、よろこんでいいました。「じゃあ、あたし、なにかプレゼントするわ。だっていままで、いろんなものをもらったんですもの」

ベッツィ・メイは、じぶんの貯金箱《ちょきんばこ》のところへいって、ナニーさんに、ビドルさんのたんじょう日《び》プレゼントを買《か》うから、なかみをだしてほしい、とたのみました。ところが、貯金箱《ちょきんばこ》には、たったの二《に》ペンスしかはいっていませんでした。

「この二《に》ペンスで、いいものを買《か》わなくちゃ」ベッツィ・メイは、ナニーさんにいいました。「あとでおもちゃ屋《や》さんにつれてってくれる？」

そこでふたりは、でかけました。おもちゃ屋《や》さんにつくと、ナニーさんがいいました。

「この金色《きんいろ》のボタンなんか、よろこぶんじゃない？」

「ううん」と、ベッツィ・メイはいいました。

「このノートと、えんぴつは？　なにかとやくにたつわ」と、ナニーさんはいいました。

ベッツィ・メイは、それもいいとはおもえなくて、あたまをよこにふりました。

ベッツィ・メイは、ふと、小《ちい》さな鈴《すず》をみつけました。手《て》にとると、きれいな音《おと》がしました。ベッツィ・メイは、スノードロップの白《しろ》い花《はな》が、まるで鈴《すず》のようだったことをおもいだしました。

「ナニーさん！　みて、この鈴《すず》。もし、スノードロップの花《はな》が鈴《すず》だったら、こんな音《おと》がするとおもわない？」

ベッツィ・メイは、鈴《すず》をならしてみせました。鈴《すず》は、チリンチリン、といい音《おと》をたてました。

「あたし、これにする。ビドルさん、きっとよろこぶわ」と、ベッツィ・メイはいいました。

ところが、ナニーさんは、あまり感心《かんしん》しませんでした。

「ビドルさんに鈴《すず》ねぇ。あまりいいとはおもわないけど。ノートとえんぴつのほうが、ずっとよろこぶんじゃない？」

「いいえ、あたしにはわかるの。このお店《みせ》の中《なか》で、ビドルさんが、いっちばんよろこぶものは、ぜったいにこの鈴《すず》よ。いいでしょ？　これにしたいの」

ナニーさんは、しかたなくしょうちしてくれました。ベッツィ・メイは、きれいにつつんでもらった鈴《すず》をもって、うちへかえりました。ときどき、鈴《すず》がつつみの中《なか》で、チリンチリン、となりました。ああ！　もうドキドキしてきました！

ビドルさんにプレゼントをあげるのは、つぎの水《すい》よう日《び》まで、またなければなりません。ベッツィ・メイは、ずっと鈴《すず》をもっているうちに、これがじぶんのものだったらいいのに、とおもいはじめました。でも、これはビドルさんのために買《か》ったものです。ベッツィ・メイは、そんなことはできないのよ、とじぶんにいいきかせました。

ついに水《すい》よう日《び》がきて、ビドルさんがやってきました。ベッツィ・メイは、はしって庭《にわ》へでていきました。

「ビドルさん、おたんじょう日《び》おめでとう！　これ、プレゼントよ。みて！」

と、ベッツィ・メイはいって、つつみを手《て》わたしました。

ビドルさんは、つつみをあけて、鈴《すず》をとりだしました。そして、ならしてみました。

「わしは、生《う》まれてこのかた、こんなにすてきな鈴《すず》は、みたことがない！」と、ビドルさんはいいました。「どうもありがとう、おじょうさん」

「いままでもらったプレゼントのなかで、いちばんうれしい？」ベッツィ・メイは、とびはねながらききました。

「もちろん。これいじょうのものを、もらったことがない」と、ビドルさんはいいました。「そうだ、おじょうさん、いいことをおもいつきました。わしはこの鈴《すず》をどうするとおもいます？　まずね、なにかほそいひもを……。お、あった。このひもがちょうどいい。このひもをだね、鈴《すず》のあたまのあなにひょいと、とおしましてな、それでわしのチョッキのボタンにつりさげるんでさ。ほれ、こんなふうに。そうすりゃ、わしがあるいたり、はたらいてたりすると、この鈴《すず》が、チリンチリンとなりますでしょ？　そうすりゃ、わしが庭《にわ》にいるってことが、おじょうさんにすぐにわかるって、すんぽうです。どうです？」

ビドルさんは、二《に》、三歩《さんぽ》あるいて、鈴《すず》をならしてみせました。そのしゅんかん、ベッツィ・メイの顔《かお》が、ぱっと、よろこびであふれました。

「ほんとだ！　これであたし、ビドルさんがどこにいるか、すぐわかる！　ビドルさん、その鈴《すず》、とってもいいわね！」

いままでは、ビドルさんがあるくとところどこでも、チリンチリンという音《おと》がします。なので、ベッツィ・メイは、いつでもビドルさんのいる場所《ばしょ》がわかって、すぐにおしゃべりをしにいけるようになったんですって。

4

ベッツィ・メイと水兵《すいへい》さんのにんぎょう

ある朝《あさ》、ベッツィ・メイは、朝《あさ》ごはんをダラダラとたべていました。ナニーさんは、ベッツィ・メイが、いつまでたってもオートミールをたべおわらないので、だんだんイライラしてきました。

「ほら、はやくたべてください」と、ナニーさんはいいました。「それで、うつわのそこの小人《こびと》さんの絵《え》にあいさつしてくださいな。いつまでも牛乳《ぎゅうにゅう》の下《した》にかくれてたら、たいくつしてしまいますよ」

「小人《こびと》さんは、牛乳《ぎゅうにゅう》の下《した》にいるほうがすきなのよ」ベッツィ・メイはそういって、オートミールをスプーンでかきまわしました。

あんまりぐるぐるまわしたので、オートミールが牛乳《ぎゅうにゅう》といっしょに、ビチャッと、テーブルクロスにとびちってしまいました。

「あなたはけさ、ベッドからでるとき、まちがったほうからでてしまったのね、きっと」ナニーさんは、顔《かお》をしかめていいました。

「いつもどおりよ」ベッツィ・メイは、おきたときのことをおもいだしながらいいました。「まちがうはずないわ。だって、はんたいがわは、かべだもん」

ベッツィ・メイのぎょうぎのわるさは、朝《あさ》ごはんのあともつづきました。

ベッツィ・メイは、えんぴつをみつけると、かべじゅうにらくがきをはじめたのです。それをみたナニーさんは、とてもおこりました。

「ベッツィ・メイ。えんぴつは、大《おお》きくなってからでないと、かってにつかってはいけませんと、いっておいたでしょ？」

「あたし、もう大《おお》きいもの。だって、ナニーさんいったじゃない。きのう、ころんでひざをうってなかなかったとき、『大《おお》きくなったわね』って。あたしまた、ちっちゃくなっちゃったの?」

「こんなことするんなら、まだちっちゃいままです」ナニーさんは、しぼったぞうきんで、かべをふきながらいいました。「ほんと、かなしい」

「ねえ、あたし、絵《え》の具《ぐ》つかいたい」ベッツィ・メイは、おもちゃだなのてっぺんにのせてある、絵《え》の具箱《ぐばこ》をゆびさしながらいいました。

「きょうはだめです」と、ナニーさんはいいました。「水《みず》をこぼしたり、絵《え》の具《ぐ》をあちこち、とばしたりするにきまってます。きょうのあなたは、ちっちゃすぎます」

「そんなことない!」ベッツィ・メイはそういって、ナニーさんのまえに立《た》ちはだかりました。「みてよ! あたし、もうすこしで手《て》が天井《てんじょう》にとどいちゃうくらいなのよ！　だから、絵《え》の具《ぐ》をつかえるの！」

「そんなふうに大声《おおごえ》をだすようなちっちゃい女《おんな》の子《こ》には、なんにもだしてやれません」ナニーさんはそういって、ぎっと、しかめっつらをしてみせました。

ベッツィ・メイは、ナニーさんのしかめっつらが、すきではありませんでした。こうなったら、なきさけんだり、じだんだふんだりしてやろうかな、とおもいましたが、やめました。かわりに、おもちゃだなのほうへ、スタスタとあるいていき、木《き》でできた汽車《きしゃ》のおもちゃを手《て》にとると、えいっと、ほうりなげたのです！

ガタン！

汽車《きしゃ》は、音《おと》をたてて、ゆかにおちました。

つぎにベッツィ・メイは、絵本《えほん》をつかみました。そしてこれも、えいやっと、ほうりなげました。

バタン！

絵本《えほん》は、テーブルの上《うえ》におちました。

それから、おもちゃのトランペットをつかむと、これもほうりなげました。トランペットは、もうすこしでだんろの中《なか》にはいってしまうところでした。

ナニーさんは、それいじょうさせまいと、いそいでおもちゃだなのところへいきましたが、ベッツィ・メイは、一足《ひとあし》はやく、もうひとつ、おもちゃをつかみました。

それは、水兵《すいへい》さんのにんぎょうでした。

水兵《すいへい》さんは、セーラー服《ふく》をきて、セーラー帽《ぼう》をかぶり、いつもにっこりわらっているにんぎょうです。ベッツィ・メイは、このにんぎょうが大《だい》すきでした。にっこりした顔《かお》が気《き》にいっていたのです。

でも、このときは、そうはおもいませんでした。ベッツィ・メイは、水兵《すいへい》さんを力《ちから》いっぱいほうりなげました。どこかで、ドサッという音《おと》がしました。

「かわいそうな水兵《すいへい》さん」ナニーさんが、かなしそうにいいました。「あの子《こ》は、あなたにすかれているとおもっていたでしょうに。それなのに、ほうりなげられるなんて。かわいそう」

それをきいたベッツィ・メイは、ドキッとしました。どうして水兵《すいへい》さんをほうりなげたりなんかしたのでしょう？　なげられた水兵《すいへい》さんは、どうおもったでしょう？　もうわらっていないかもしれません。

ベッツィ・メイは、へやじゅうをみまわして、水兵《すいへい》さんをさがしました。ゆかには、おちていません。テーブルにものっていません。あれ？　どこへいったのでしょう！

「ナニーさん、水兵《すいへい》さんはどこ？」と、ベッツィ・メイはききました。

「どこへなげたんですか？　わたしはみてませんよ。トランペットをひろってましたから」と、ナニーさんはいいました。

「わかんない」ベッツィ・メイは、なきそうになりながらいいました。「おねがい。いっしょにさがして、ナニーさん。あやまるから。ごめんなさい」

そこで、ナニーさんもさがしはじめました。ところが、やっぱりみつかりません。テーブルの下《した》をみました。いすの下《した》もみました。本《ほん》だなのうしろ、大《おお》きな木《もく》馬《ば》のうしろ、どこをさがしても、水兵《すいへい》さんはでてきませんでした。

「ナニーさん、もしかして……」ベッツィ・メイは、目《め》になみだをうかべていいました。「だんろの中《なか》に、はいっちゃったのかしら……」

「いいえ、そんなはずないわ」と、ナニーさんはこたえました。「とにかくいまは、あきらめましょう。きっとそのうち、ひょっこりでてくるわよ」

ベッツィ・メイは、じぶんがかんしゃくなんかおこさなかったら、水兵《すいへい》さんをなくさずにすんだのに、とおもうと、かなしくなりました。そして、水兵《すいへい》さんがいつかえってきてもいいように、つみ木《き》で小《ちい》さな家《いえ》をつくりはじめました。

ナニーさんにも、どうしたらいいかわかりませんでした。なげたにんぎょうが、きえてなくなるなんてこと、あるのかしら？

「わたし、ちょっと二階《いっかい》にいって、せんたくものをとりこんできます」と、ナニーさんはいいました。「それと、ごみばこをもっていって、中《なか》のものをすててきますね。すぐもどりますから」

ベッツィ・メイは、だまってつみ木《き》の家《いえ》をつくりつづけました。つみ木《き》の家《いえ》にドアとまどができました。これがあれば、水兵《すいへい》さんは、じゆうに出入《ではい》りできますし、すきなときに、まどからけしきをたのしむことができます。それから家《いえ》の中《なか》に、小《ちい》さないすもつくりました。

そのときとつぜん、ナニーさんが、へやにかけもどってきました。その手《て》ににぎっていたものは、なんだったとおもいますか？　なんと、水兵《すいへい》さんのにんぎょうだったのです！

「ベッツィ・メイ！　ほら、水兵《すいへい》さん！」と、ナニーさんはいいました。

「あれ！　どこにいたの？」ベッツィ・メイは、ナニーさんにかけより、水兵《すいへい》さんをうけとりました。

「あなたがなげた水兵《すいへい》さん、ごみばこの中《なか》におちたのよ！」と、ナニーさんはいいました。「ごみばこから外《そと》のごみバケツにほうりこんだときに気《き》がついたの。おかげで、グレープフルーツの皮《かわ》と、紙《かみ》くずと、バナナの皮《かわ》にまみれちゃったわ。かわいそうな水兵《すいへい》さん！」

「ああ、かわいそう！」ベッツィ・メイもそういって、水兵《すいへい》さんのにおいをかぎました。「ほんとだ。ちょっとバナナくさくなっちゃった。でも、もしナニーさんが、ごみバケツへうつすときにみつけてくれなかったら、この子《こ》はそのまま、トラックで、はこばれていっちゃうところだったのね」

「そういうことね。なんという脱走劇《だっそうげき》」と、ナニーさんはいいました。「さ、あなたにはもう、かんしゃくをおこしてほしくないわ。これでわかったでしょう？ものをほうりなげたりしたら、みんなをかなしませちゃうわ。水兵《すいへい》さんのことをかんがえてごらんなさい。いつもいい子《こ》な水兵《すいへい》さんが、あなたにごみばこへほうりこまれ、わたしにはごみバケツゆきにされたんですよ。それもこれも、あなたがけさから、わるい子《こ》だったからじゃないですか？」

「そうね、もうしない。みんなをかなしませたくないもの……」ベッツィ・メイは、うつむいていいました。「あ、ナニーさん、みて！　この子《こ》、お顔《かお》がかわっちゃってる。ほら、口《くち》のこっちがわは、にっこりわらってるのに、もうかたっぽうは、にっこりがきえて、かなしそうになってる」

「きっと、うれしかったり、かなしかったり、いまの気《き》もちそのままなのよ」と、ナニーさんはいいました。「でも、だいじょうぶ。すぐにわすれてくれるわ。でも、あなたはわすれてはだめよ。もし、またかんしゃくをおこしそうになったら、この水兵《すいへい》さんのかなしいほうの口《くち》をごらんなさい。そしたらきっと、ものをほうりなげてやろう、なんて気《き》もちはなくなって、しあわせな気《き》もちにもどれますから」

そして、ナニーさんは、さいごににっこりほほえんで、つけたしました。

「それから、どうか、わたしのえがおも、けさないでくださいね」

「あたし、しない！　そんなこと、ぜったいにしない！」ベッツィ・メイはそういうと、ナニーさんにおもいっきりだきつきました。

5

ベッツィ・メイ
にんぎょうとパーティーをひらく

ベッツィ・メイは、とってもわくわくしていました。あした、ピーターの家《いえ》で、パーティーがあるからです。ナニーさんは、青《あお》いシルクのワンピースをつくってくれました。ママは、ベッツィ・メイの金色《きんいろ》のかみにあう、青《あお》いリボンを買《か》ってくれました。

ところが、なんということ！　ベッツィ・メイは、つぎの日《ひ》、かぜをひいてしまったのです。

「ベッツィ・メイ、そんなに鼻《はな》をズビズビいわせてたら、とてもパーティーにはいけないわ」と、ママがいいました。

「いやよ！　あたし、だいじょうぶだもん！」と、ベッツィ・メイはいいました。

「だめよ。みんなにかぜをうつしちゃう」と、ママはいいました。

「そんなことない。だれにもうつさない。ねえ、ママ、おねがい」

それでもやっぱりだめでした。かぜをひいたら、だれだってパーティーにはいけないのです。青《あお》いワンピースとリボンは、かたづけられました。ベッツィ・メイは、ないて、ないて、ないて、なきました。

「さあさあ、元気《げんき》をだしてください」と、ナニーさんがいいました。「かぜは、そんなにひどくないんだし、おひるまでねてれば、あとはおきていられるでしょう。ほら、なみだをふいて。じゃあ、おひるごはんをたべたら、うちで、パーティーをやるっていうのは、どうです？」

それをきいたベッツィ・メイはおどろいて、なみだをふきました。

「それって、だれがくるパーティー？」

「にんぎょうたちよ。アプトンでしょ、テディベアにアンジェラ、それから、ピンクのうさぎに水兵《すいへい》さん、あと、おとなりの子《こ》ねこもよんだらどうかしら？」

「でも、あたしのかぜが、みんなにうつっちゃう」

「それがね、きょうはみんなかぜなんです。だから、うつるしんぱいはないわ。ひとりひとりにハンカチをもたせるから、くしゃみがでそうになったら、それでおさえてもらいましょう」

ベッツィ・メイは、気分《きぶん》がはれました。

おひるごはんのあと、ベッツィ・メイは、おきてもいいことになりました。ナニーさんが、青《あお》いワンピースをきせてくれ、青《あお》いリボンもつけてくれました。それに、からだをひやすといけないので、ワンピースの上《うえ》に、あたたかいカーディガンもきせてくれました。ベッツィ・メイは、もうすっかりパーティー気分《きぶん》です！

「さ、じゃあ、わたしがおかしをよういしてるあいだに、あなたは、ティーカップと、うけ皿《ざら》をだしてちょうだい」と、ナニーさんがいいました。「どれも七《なな》つずつよ。あ、でも、子《こ》ねこにティーカップはいらないわ。うけ皿《ざら》だけでいいわね。あと、ティーポットと、さとうつぼと、ミルク入《い》れもね」

ベッツィ・メイは、とたんにいそがしくなりました。まず、小《ちい》さなテーブルをはこんできて、それに、白《しろ》いテーブルクロスをかけました。それから、ティーカップと、うけ皿《ざら》と、とり皿《ざら》をならべ、テーブルのまん中《なか》に、ティーポットと、さとうつぼと、ミルク入《い》れをおきました。いよいよパーティーらしくなってきました。

「はい、まずチョコレートケーキですよ」

ナニーさんは、大《おお》きなチョコレートをケーキのかたちにきって、はこんできてくれました。まるで、ほんもののチョコレートケーキのようです。ベッツィ・メイは、さっそくテーブルにならべました。

「そして、おつぎは、ゼリーです」

ナニーさんは、お皿《さら》に、キャンディーを七《なな》つのせて、もってきてくれました。キャンディーは、ピンク色《いろ》のものもあれば、黄色《きいろ》、赤色《あかいろ》、みどり色《いろ》のものもありました。ほんもののゼリーのように、プルプルとふるえはしませんが、やっぱりゼリーのようにみえました。

「それからこれは、ジャムつきパンです」

ナニーさんは、小《ちい》さなビスケットにジャムをのせたものを、はこんできてくれました。ビスケットは、四角《しかく》くきってあったので、ほんものの食《しょく》パンのようにみえました。

「そして、さいごは、とくせいマジパンです」

ナニーさんは、うすくきったマジパンをもってきてくれました。

「さ、みなさん、おすきなものからめしあがれ。ベッツィ・メイ、あなたはみんなに、のみものは牛乳《ぎゅうにゅう》がいいか、紅茶《こうちゃ》がいいか、それともレモネードがいいか、きいてちょうだい」

ベッツィ・メイは、にんぎょうたちにきいてまわって、ナニーさんのところへもどってきました。

「みんな、レモネードがいいんですって」ベッツィ・メイも、レモネードが大《だい》すきだったので、よかったと、おもいながらいいました。

そこでナニーさんは、ティーポットと、ミルク入《い》れにもレモネードをいれ、さとうつぼには、小《ちい》さな角《かく》ざとうをいくつかいれてくれました。

ベッツィ・メイは、にんぎょうたちにおめかしをさせると、おとなりの子《こ》ねこをさがしにいきました。

「あなたもパーティーにきていいのよ」

子《こ》ねこをみつけたベッツィ・メイは、にんぎょう用《よう》のブラシで、子《こ》ねこの毛《け》をとかしてやりました。

ベッツィ・メイが、子《こ》ねこをだっこしてへやにもどってくると、いつのまにか、にんぎょうたちが、テーブルをかこんですわっていました。しかも、どのにんぎょうも、小《ちい》さな白《しろ》いハンカチをもっているではありませんか！　ベッツィ・メイは、とってもびっくりしました。

「あたしも、ハンカチをもってるのよ」ベッツィ・メイは、にんぎょうたちにむかっていいました。「さあ、パーティーをはじめましょう！」

ベッツィ・メイはまず、みんなのティーカップに、レモネードをついでまわりました。ティーポットから、レモネードがすーっと、でてきます。とってもきれい。みんなの小《ちい》さなティーカップは、あっというまに、まんぱいになりました。

ベッツィ・メイは、みんなの分《ぶん》のレモネードを、ぜんぶのみほしました。だってそれが、にんぎょうとおままごとをするときの、正《ただ》しいやりかたなんですもの。

とちゅう、子《こ》ねこがミルク入《い》れをたおしてしまいましたが、レモネードがほんのちょっとのこっていただけだったので、たいしたことはありませんでした。

それからみんなは、ひとりひ

とり、ゼリーをお皿《さら》にとり、チョコレートケーキと、マジパンをとりわけてもらい、さいごにジャムつきパンをもらいました。みんなのお皿《さら》にのっているたべものは、ベッツィ・メイが、ぜんぶたいらげてしまいましたが、にんぎょうたちは、どれもおいしかった、といいました。

パーティーのとちゅうで、ママがやってきました。ママは、ベッツィ・メイがたのしそうにしているのをみて、よろこびました。

「ベッツィ・メイさんは、ごきげんね」と、ママはいいました。「いまのあなたをみたら、たのしみにしていたパーティーにいけなくって、ないてたなんて、だれもおもわないでしょうね。ちっともぐずらなかったし。えらいわ」

「だって、あたしいま、パーティーをやってるんですもの」と、ベッツィ・メイはいいました。「ほら、あたし、青《あお》いワンピースだってきてるでしょう？　ねえ、ナニーさん、ママにも、のみものをあげてもいい？」

ナニーさんは、もういちど、ティーポットにレモネードをいれてきてくれました。ママとベッツィ・メイは、レモネードを二《に》はいずつ、しずしずとのみました。

「ベッツィ・メイ、かぜは、だいぶよくなったみたいね」と、ナニーさんがいいました。

「ほんとだ！」と、ベッツィ・メイはいいました。「それに、にんぎょうたちもよくなったって。だっていま、みんなそういったもん！」

6

ベッツィ・メイとかかし

　ある日《ひ》、ベッツィ・メイとナニーさんが、原《はら》っぱをさんぽしていると、石《いし》がきにつきあたりました。石《いし》がきには、人《ひと》がのりこえるための、ふみこし段《だん》がついていました。

「これをのぼって、石《いし》がきをこえちゃいましょう。家《いえ》までの近道《ちかみち》よ」と、ナニーさんがいいました。

　ナニーさんがさきにふみこし段《だん》をのぼって、石《いし》がきをこえました。つづいてベッツィ・メイものぼりました。ベッツィ・メイは、ふみこし段《だん》のてっぺんで、あたりをみわたしました。すると、ゆくてに、かかしがみえました。ベッツィ・メイは、ぎょっとしました。

「ねえ、ナニーさん。あれ、なあに？」ベッツィ・メイは、かかしをゆびさしながらいいました。

「あれは、かかしっていって、農家《のうか》のかたが、ぼうと古《ふる》い服《ふく》でつくった、にんぎょうみたいなものよ。かかしは、とってもえらいの。一日《いちにち》じゅう、はたけの中《なか》に立《た》って、鳥《とり》をこわがらせてはおいはらい、小麦《こむぎ》をまもってるんだから」

「なんかこわい。ねえ、この道《みち》でかえりたくない」

「なにもしやしないわよ。農家《のうか》のかたを手《て》つだってるだけ。それにほら、木《き》でできた一本足《いっぽんあし》なのよ。あそこにずっと立《た》ってるだけで、うごいたりしないわ。かかしさんをみかけたらね、『こんにちは、かかしさん！ ごきげんいかが？』っていえばいいの。そしたら、かかしさんもさびしくないでしょう？」

「いやよ。あたし、しゃべりたくない。だってこわいんだもの。ほら、手《て》が服《ふく》からにゅっとでてる」

そのかかしは、あたまが大《おお》きなカブでできていて、やぶれたぼうしをかぶっていました。それから、ポケットにあながあいた、ぼろぼろのコートをきていて、一本足《いっぽんあし》でズボンをはき、よごれたスカーフを首《くび》にまいていました。かかしは、はたけのまん中《なか》で、まるでベッツィ・メイとナニーさんを、みつめているかのように立《た》っていました。

「ねえ、やっぱりこの道《みち》でかえりたくない」ベッツィ・メイはそういって、ナニーさんの手《て》をひっぱりました。「あっちから、かえろ」

「わかりましたよ」と、ナニーさんはいいました。「じゃあ、せめて、かかしさんに、こんにちはって、あいさつだけでもしてみたら？」

「いや。なにかいいかえしてきたら、どうするの？」

そこでふたりは、石《いし》がきをこえずに、わざわざ、遠《とお》まわりしてかえりました。

おかげでベッツィ・メイは、とてもくたびれてしまいました。

それからしばらくは、ベッツィ・メイも、ナニーさんも、かかしについてはなしませんでした。

つぎのしゅう、ふたりはまた、おなじ道《みち》をさんぽして、ふたたび、かかしにであってしまいました。

「あら、またかかしさんにあえたわね！」ナニーさんは、あかるい声《こえ》でいいました。

「あたしは、あいたくなかった」と、ベッツィ・メイはいいました。「やっぱりすきになれないもの。だって、鳥《とり》たちをこわがらせるんでしょう？」

「そうよ。おかげで農家《のうか》のかたは、だいじにそだてた小麦《こむぎ》を鳥《とり》にたべられずにすむのよ。しってるとおもうけど、わたしたちがたべてるパンは、小麦《こむぎ》からできてるでしょ？　もし、かかしさんが鳥《とり》をこわがらせて、おいはらってくれなかったら、鳥《とり》が小麦《こむぎ》をぜんぶたべちゃって、わたしたちが朝《あさ》ごはんにたべるパンが、なくなってしまうわ」

「鳥《とり》たちをこわがらせるっていうんなら、なにかこわいことするんでしょ？　やだ。そばをとおりたくない。ねえ、きょうも、あっちからかえる」

そして、ふたりは、またもや遠《とお》まわりをしてかえりました。

つぎの日《ひ》の朝《あさ》、ベッツィ・メイは、庭師《にわし》のビドルさんに、かかしのことをはなしました。ビドルさんは、ベッツィ・メイがあげた鈴《すず》をいつもつけているので、庭《にわ》のどこにいるかすぐにわかりました。

ビドルさんは、ベッツィ・メイのはなしに、じっと耳《みみ》をかたむけていました。

「ね、だから、かかしって、とってもきたないの。それに鳥《とり》たちをこわがらせるし、カブのあたまはへんだし。農家《のうか》の人《ひと》が、はやくかたづけてくれるといいんだけど」と、ベッツィ・メイはいいました。

ビドルさんは、くわにもたれかかりながら、ベッツィ・メイをみおろしていました。

「ふむ。じゃあ、わしからもひとつ、かかしについておしえましょう。だがこのはなしは、だれにもいっちゃいけませんぞ」

「それって、ひみつってこと？」ベッツィ・メイは、わくわくしながらききました。

「ええ、かかしのひみつです」

「かかしって、あたしのしってるかかし？」

「そう。おじょうさんがはなした、あのかかしです。それも、いいひみつですよ」と、ビドルさんはいいました。「わしとかみさんは、朝《あさ》、でかけるとき、いつも、あのかかしのわきをとおるんです。だから、かならず『おはようさん、かかしどん！』って、あいさつをしてるんですよ。まあ、友《とも》だちみたいなもんですね。おかげで、このひみつをしったんです」

「どんなひみつ？」

「それがしりたけりゃ、あのかかしに、ちかづいてみなけりゃなりません。そして、コートのポケットの中《なか》をのぞいてみないと」と、ビドルさんはいいました。

「これは、とんでもなく大《おお》きなひみつでね。それにすばらしいひみつでもあるんです。でも、それをしるには、どうしたって、ちかよってみてみないとね」

「あたし、できない。だって、鳥《とり》たちをこわがらせるんだし、あたしにも、なにかするかもしれないんだもの」

「ふむ。じゃあ、もうひとつおしえましょうか」ビドルさんは、声《こえ》をおさえていいました。「じつはね、あのかかし、鳥《とり》が大《だい》すきなんですよ」

「え？　どうして？　鳥《とり》たちをおいはらってるんでしょ？」

「ハッハッ！　だから、かかしのポケットの中《なか》をのぞいてみないと、わからんのです。そうすれば、わしのいってることが、すぐにわかりますよ。でも、もしみたとしても、だれにもいっちゃいけませんぞ。これは、ひみつなんですから。かかしと、わしらのね。さ、いってみてくるかどうかは、おじょうさんしだいだ」

ベッツィ・メイは、かんがえに、かんがえました。それから、さらにかんがえたすえ、こわいとおもうよりも、かかしのひみつのほうがしりたくなりました。

そこで、その日《ひ》の午後《ごご》、ベッツィ・メイは、ナニーさんに、きのうとおなじ場《ば》所《しょ》へさんぽにいきたい、といいました。

ナニーさんは、おどろきました。

「だってあなた、あそこは、すきじゃないんでしょう？　それに家《いえ》にかえるのに、すごく遠《とお》まわりしなくちゃならないし」

「近道《ちかみち》があるわ。ふみこし段《だん》で石《いし》がきをこえればいいじゃない」

「でも、かかしさんがいるわよ」

「きょうはいいの。ビドルさんが、かかしさんのひみつをおしえてくれたから。さあ、いきましょ、ナニーさん」

「ええ、そりゃいきますけど……」

ナニーさんは、びっくりしながらも、うれしい気《き》もちででかけました。かかしは、いつもの場《ば》所《しょ》で、いつものように、小首《こくび》をかしげながら立《た》っていました。ベッツィ・メイは、きょうは、かかしをみても、まえよりこわくありませんでした。ビドルさんが友《とも》だちだというなら、もしかすると、このかかしは、いい人《ひと》なのかもしれません。

「ナニーさんは、ここでまってて。あたし、ひとりでいってくるから」

ナニーさんは、またもやびっくりしました。あれだけかかしをこわがって、石《いし》がきをこえようともしなかったのに、どうしてきょうは、ここにくる気《き》になって、

J GALE THOMAS

そのうえひとりっきりで、かかしをみにいく、なんていいだしたのでしょう？

「わかりました。じゃあ、ここでまってます」と、ナニーさんはいいました。

ベッツィ・メイは、かかしのほうへかけていきました。

「こんにちは」ベッツィ・メイは、おそるおそる、かかしにはなしかけました。

かかしは、へんじをしませんでした。そこでベッツィ・メイは、かかしにもっとちかづいて、コートのポケットの中《なか》を、そっとのぞいてみました。

すると、中《なか》になにがはいっていたとおもいますか？　なんと、コマドリの巣《す》があったのです！　ポケットの中《なか》で、小《ちい》さなコマドリが、たまごをあたためていたのです！

コマドリは、にげようともせず、すわったまま、ベッツィ・メイをみあげていました。

ベッツィ・メイは、にっこりしました。

「そっか、これがあなたのひみつだったのね、かかしさん！」と、ベッツィ・メイはいいました。「あなたは、鳥《とり》がすきなのね！　だったら、鳥《とり》たちをこわがらせるはずないわ。あたしのことだってそうよね。あたしも、ポケットにコマドリの巣《す》をいれてるような人《ひと》は、こわくない。バイバイ、かかしさん！　あたし、これからもようすをみにくるからね！」

ベッツィ・メイは、ナニーさんのもとに、いきをきらしてもどっていきました。

「かかしさん、あたしにひみつをみせてくれたわ。あたし、かかしさんのこと大《だい》すきよ。ねえ、ナニーさん、これからは、毎日《まいにち》、ここをおさんぽしましょ！」

「まあ、いったいなにがどうなったの？」と、ナニーさんはいいました。「でも、うれしいわ。あなたがそういってくれて！」

7

ベッツィ・メイ
マナーをおしえる

ある日《ひ》、ベッツィ・メイは、ママにつれられて、ママの友《とも》だちのあつまりにでかけました。

ママの友《とも》だちは、ベッツィ・メイをみると、にっこりわらって、「まあ、かわいいおじょうちゃんね」とか、「もう学校《がっこう》にいってるの？」などと、声《こえ》をかけてきました。

ベッツィ・メイは、大《おお》ぜいの人《ひと》にみつめられると、はずかしくなってしまいます。なので、なにもへんじをすることができませんでした。

ひとりの女《おんな》の人《ひと》が、ベッツィ・メイに手《て》

をさしだして、「ごきげんいかが、ベッツィ・メイ?」と、いいました。

「ベッツィ・メイ。ほら、あくしゅして、ごあいさつなさい」と、ママがいいました。

ところが、ベッツィ・メイは、ぷいと、うしろをむいてしまい、あくしゅもあいさつもしませんでした。ママは、はずかしくなりました。

うちにかえると、ママは、きょうのできごとをナニーさんにつたえました。

「わたしたち、この子《こ》に、ちゃんとしたマナーをおしえなきゃだめなんじゃないかしら。あくしゅをするとか、『ごきげんいかがですか?』っていうとか、『どうもありがとうございます』って、おれいをいえるようになるとか」と、ママはいいました。

でも、ベッツィ・メイは、そんなこと、おぼえたくありませんでした。ママが、

「あくしゅは、こうするのよ」と、手《て》をさしだしても、ベッツィ・メイは、手《て》を

うしろにまわして、だそうとしなかったのです。

「あたし、マナーなんておぼえたくない。『ごきげんいかがですか？』なんて、いいたくない。そんなのむり」

「ちょっとつかれてるんですよ、きっと」と、ナニーさんがいいました。「きょうはもう、やめにして、またべつの日《ひ》にしませんか？」

そうしてその日《ひ》は、マナーについてはなす人《ひと》は、だれもいませんでした。

つぎの日《ひ》、ナニーさんは、ベッツィ・メイにいいました。

「ベッツィ・メイ。あなた、じぶんのにんぎょうたちに、マナーをおしえたことある？　にんぎょうたちは、パーティーのとき、どうやってあくしゅをするかとか、『ごきげんいかが？』っていわれたら、『はい、おかげさまで。ありがとうございます』ってこたえることとか、かえるときには、『おまねき、ありがとうございました』っていうこととか、しってるのかしら？」

「しらないとおもうわ」と、ベッツィ・メイはこたえました。

「じゃあ、おしえてもらえると、うれしいんだけど」と、ナニーさんはいいました。「あなたがマナーをおぼえたくなくても、子《こ》どもべやにいるにんぎょうたちには、マナーをしっておいてもらいたいの」

「でも、どうやっておしえたらいいか、わかんない」と、ベッツィ・メイはいいました。

「じゃあ、わたしがまず、テディベアにおしえてみせます。ほら、この子《こ》、なんだか、おしえてもらいたそうな顔《かお》してるとおもわない？」と、ナニーさんがいいました。

「では、テディさん。まず立《た》ちなさい。そう。そして、右手《みぎて》をだすの。ちがう、それは左手《ひだりて》。はい、そしたら、わたしとあくしゅをしましょう。そう！　じょうずよ。じゃあ、つぎ。まずは、わたしからあいさつをします。『ごきげんいかが?』はい、そういわれたら、あなたは、『はい、おかげさまで。ありがとうございます』っていうの。じゃあ、やってみるわよ」

ナニーさんは、とてもていねいに「ごきげんいかが?」といいました。そして、テディベアのおなかをぐっとおしました。

すると、テディベアは、「グッ、グッググゥー。グググググッググゥー」っとなき、まるで、「はい、おかげさまで。ありがとうございます」と、いっているようにきこえました。テディベアって、なんてかしこいんだろう、とベッツィ・メイはおもいました。

「よくできました」ナニーさんは、テディベアにむかっていいました。「さあ、けさはここまで。わたしはやることがいっぱいあるの。つづきは、またあしたにしましょう」

ナニーさんは、子《こ》どもべやからでていきました。

ベッツィ・メイは、立《た》ったまま、しばらくにんぎょうたちをながめていました。それからテディベアをひろいあげると、ナニーさんのまねをして、おなかをおしてみました。

「グッ、グッググゥー。ググググッググゥー」

ベッツィ・メイは、あらためて、テディベアって、かしこいんだわ、とおもいました。

そこでベッツィ・メイは、テディベアと、ピンクのうさぎ、アンジェラと、アプトン、それから水兵《すいへい》さんと、赤《あか》ちゃんのにんぎょうを輪《わ》にしてならべ、みんなにむかってしゃべりだしました。

「あなたたち、これからあたしが、マナーをおしえます。ママがいってたけど、マナーっていうのは、だれでもみんな、おそわらなくちゃならないのよ。『ありがとうございます』とか、『おねがいします』とかね。あとは、『ごきげんいいかが?』とか、『はい、おかげさまで。ありがとうございます』とか、『おまねき、ありがとうございました』とかいうのよ。それに、まちがったことをしたら、『すみません』とかね。さあ、じゃあ、はじめましょう」

にんぎょうたちは、すわったまま、だまってきいていました。とちゅう、アプトンがまえのめりにたおれてしまいましたが、また、ちゃんとすわらされました。

ベッツィ・メイはまず、ぜんいんに「ありがとうございます」と、「おねがいします」をいわせました。

つぎは、あくしゅのれんしゅうです。

ベッツィ・メイは、テディベアの手《て》をとり、あくしゅをすると、「ごきげんいかが?」と、いいました。

そして、くまのようなひくい声《こえ》で、「はい、おかげさまで。ありがとうございます」と、いいました。

つぎに、水兵《すいへい》さんのにんぎょうの手《て》をとり、あくしゅをすると、「ごきげんいかが、水兵《すいへい》さん?」と、いいました。

こんどは、水兵《すいへい》さんがだしそうな、ようきな声《こえ》で、「はい、おかげさまで。ありがとうございます」と、いいました。

それから、赤《あか》ちゃんのにんぎょうの、ふっくらした手《て》をとって、「ごきげんいかが、赤《あか》ちゃんさん?」と、たずねました。

そして、赤《あか》ちゃんのような、小《ちい》さいかん高《だか》い声《こえ》で、「はい、おかげさまで。ありがとうございます」と、いいました。

マナーをおしえるって、なんてたのしいのでしょう! にんぎょうたちは、おぼえがよくて、みんないい子《こ》でしたが、アプトンだけはべつでした。アプトンは、すぐにペタッと、まえのめりにたおれてしまうのです。ベッツィ・メイは、あくしゅをするのは右手《みぎて》だということも、ひとりひとりにおしえました。

するとそのとき、へやのドアがあきました。ママが友《とも》だちをつれてきたのです。ドアのところに、ホワイトさんという女《おんな》の人《ひと》がにっこりしながら立《た》っていました。

「あら、ベッツィ・メイ。なにしてたの？」と、ママがいいました。

「にんぎょうたちに、マナーをおしえてたのよ。みて、ママ。テディベアとあくしゅするから。この子《こ》ね、『はい、おかげさまで。ありがとうございます』っていえるのよ！」

ママとホワイトさんがみているなか、テディベアは、それはそれは、りっぱなあいさつをしてみせました。ベッツィ・メイとあくしゅをし、ベッツィ・メイにおなかをおされると、「はい、おかげさまで。ありがとうございます」と、いったのですから。

「まあ、あなたのにんぎょうは、とってもおぎょうぎがいいのね」と、ホワイトさんはいいました。

「ベッツィ・メイよりも、ずっとね」と、ママはいいました。「あなたは、あくしゅもできないし、『はい、おかげさまで。ありがとうございます』なんてこと、いえないいんだもの」

「あたしだって、できるわ」ベッツィ・メイは、すぐにいいかえしました。「だって、あたしがおしえたのよ。だからあたしだって、できるにきまってる」

「そうかしら、しんじられないわ」と、ママはいいました。

「じゃあ、ママ。あたしに『ごきげんいかが？』って、いってみて」と、ベッツィ・メイはいいました。

そこでママは、ふつうの女の人《おんなのひと》になったふりをして、ベッツィ・メイのまえへあるいてくると、にっこりして手《て》をさしだし、「ごきげんいかが、ベッツィ・メイ？」と、いいました。

すると、ベッツィ・メイは、ママのほうへ一歩《いっぽ》すすみでて、右手《みぎて》をさしだし、ママの手《て》をにぎると、とてもていねいにいいました。

「はい、おかげさまで。ありがとうございます」

つぎに、ホワイトさんがちかよって、おなじように手《て》をさしだし、「ごきげんいかが、ベッツィ・メイ?」と、いいました。

ベッツィ・メイは、はずかしがらずに、ホワイトさんの手《て》をとると、「はい、おかげさまで。ありがとうございます」と、ゆうがにこたえました。

「すごい!」ママは、とてもよろこびました。「わたし、うれしいわ。あなたがちゃんとマナーをおぼえてくれて!」

「ええ、わかるわ、その気《き》もち」と、ベッツィ・メイはいいました。「あたしも、にんぎょうたちにマナーをおしえてておもったの。にんぎょうたちが、ちゃんとマナーをおぼえてくれて、うれしいって。この子《こ》たちはもう、はずかしがったりしないわ。あたしもよ!」

その日《ひ》の午後《ごご》、ナニーさんもおどろくことになりました。

ベッツィ・メイと、さんぽをしていると、ふたりは、ピーターのママにあいました。すると、ベッツィ・メイは、じぶんから右手《みぎて》をさしだして、「ごきげんいかがですか、ピーターのおかあさん?」と、いったのですから! なんというかわりようでしょうね。

8

ベッツィ・メイ
ベッドからぬけだす

ベッツィ・メイは、夜《よる》ねるとき、ときどきおこられることがあります。ねむれなくてたいくつしてくると、ベッドからおきだして、へやでさわいだり、おどったりするからです。

そのドタンバタンという音《おと》をききつけて、ママやナニーさんが、おこってへやにかけつけます。するとベッツィ・メイは、いそいでベッドにとびこみ、ふとんにもぐりこんで、ねたふりをするのです。でも、ママやナニーさんは、だまされません。けっきょくベッツィ・メイは、こっぴどくおこられるのでした。

「こんなにおそくまでおきてたら、あしたはきっと、おねぼうね。そしたら、朝《あさ》ごはんもぬきになりますよ」と、ナニーさんはいいました。

「あした、ねむいままでは、ダンス教室《きょうしつ》にいけないわよ」と、ママもいいました。

でも、よく朝《あさ》、ベッツィ・メイはいつもどおり、朝《あさ》ごはんをたべますし、ねむくてダンス教室《きょうしつ》にいかなかったことは、一《いち》どもありませんでした。ですから、ベッツィ・メイは、ナニーさんもママも、きっとおどかしてるだけなんだ、とおもっていました。

ある夜《よる》、ベッツィ・メイは、ベッドからぬけだすと、ドアのほうへいきました。となりのへやにだれかいるのか、しりたかったからです。もし、ナニーさんが一《いっ》階《かい》にいて、へやにだれもいなかったら、ベッドにはいるまえにやっていた、ジグソーパズルのつづきができる、とおもったのです。

「あと、もうちょっとでできあがりだったんですもの。すぐにおわるわ」ベッツィ・メイは、そんなふうにたくらんでいました。

ベッツィ・メイは、ろうかにでました。そして、となりのへやをのぞいてみました。だれもいません。ジグソーパズルは、やりかけのまま、小《ちい》さなテーブルにのっています。ベッツィ・メイは、うさぎがニンジンをたべている絵《え》の、このジグソーパズルが大《だい》すきでした。まだ五《ご》ピースしかできていませんでしたが、なにせかんたんなパズルなのです。

ベッツィ・メイは、こっそりとジグソーパズルを完成《かんせい》させました。そして、まんぞくして、ベッドにもどっていきました。

よく朝《あさ》、ナニーさんは、ジグソーパズルが完成《かんせい》しているのをみて、びっくりしました。ナニーさんは、ベッツィ・メイをみつめました。ベッツィ・メイも、顔《かお》を赤《あか》くして、ナニーさんをみつめかえしました。

「ということは、あなた、きのうの夜《よる》、ベッドをぬけだして、ジグソーパズルのつづきをやった、というわけですね?」と、ナニーさんはききました。「あなたは、なんておてんばなんでしょう、ベッツィ・メイ! 夜《よる》にきかんぼうになると、いつかとんでもないことになりますよ。わたし、きめました。きょうから、あなたがぐっすりねむるまで、このへやにすわっていることにします!」

ベッツィ・メイは、むっとしました。だって、夜《よる》、ベッドからぬけだして、うすくらがりの中《なか》をあるきまわるのって、ドキドキしてたのしかったんですもの。

でも、それからなん日《にち》かは、それがまったくできませんでした。ナニーさんが、となりのへやのドアをあけ、ベッツィ・メイがたてる音《おと》を、なにひとつききのがすまいと、すわっていたからです。

ある日《ひ》、ベッツィ・メイは、友《とも》だちのピーターのたんじょう日《び》パーティーにしようたいされました。ピーターは、七《なな》さいになるのです。きっと、七本《ななほん》のロウソクを立《た》てたケーキをよういして、すてきなパーティーをひらいてくれるでしょう。

ベッツィ・メイは、パーティーが大《だい》すきでしたので、とてもよろこびました。たんじょう日《び》プレゼントには、おもちゃ屋《や》さんでまえにみた、木《き》の汽車《きしゃ》のおもちゃをあげようかな、とかんがえました。ピーターは、よろこんでくれるにちがいありません。

「あなたが、夜《よ》ふかししなくなってうれしいわ」と、ナニーさんはいいました。「これなら元気《げんき》に、ピーターのたんじょう日《び》パーティーにいけますね」

パーティーのまえの夜《よる》になりました。ベッツィ・メイは、わくわくしながら、ベッドにもぐりこみました。そして、あっちにもぞもぞ、こっちにもぞもぞ、ねがえりをうちました。あしたのケーキのこと、ピーターにわたすプレゼントのこと、ああ、とってもたのしみです！　そして、とうとう、ベッドでよこになっていることに、あきあきしてきました。

「そうだ、ちょっとおきちゃおう」と、ベッツィ・メイはおもいました。

ベッツィ・メイは、ベッドからそっとぬけだしました。すこしさむかったのですが、スリッパをはいたり、ガウンをきたりはしませんでした。ちょっとでもはやく、だれかがくるまえに、なにかをしたかったのです。

そっとドアをあけて、ろうかをのぞいてみました。となりのへやのあかりがみえます。ああ！　きっとナニーさんがぬいものをしているのです。じゃあ、どこへいったらいいでしょう？

風《かぜ》がろうかをふきぬけました。ベッツィ・メイは、ブルブルッとふるえました。

「いいことおもいついた。やねうらべやにいこう」と、ベッツィ・メイはかんがえました。「あそこには、ママがいろんなものをおいてるし、きっと、まえにあそんでた、古《ふる》いにんぎょうがあるはず」

ベッツィ・メイは、やねうらべやへつづく階段《かいだん》をのぼり、ドアについたかけ金《がね》をあげると、そっとドアをおしました。すると、顔《かお》にふわっと風《かぜ》がふきつけました。へやのおくにある、小《こ》まどがあいていたのです。

「まどをしめなきゃ」ベッツィ・メイはそうおもって、へやにはいりました。

するとそのとき、風《かぜ》のいきおいで、うしろのドアが、バタンッ！　と大《おお》きな音《おと》をたてて、しまってしまいました！　なんて大《おお》きな音《おと》だったのでしょう！　きっと、ナニーさんにきかれたにちがいありません。

ベッツィ・メイは、しばらくその場《ば》に立《た》ちつくして、ナニーさんがくるかどうか、ようすをみました。ところが、ナニーさんはきませんでした。

「よかった。さ、まどをしめなきゃ」と、ベッツィ・メイはひとりごとをいいました。「あとは、にんぎょうをみつけて、ベッドにつれていくのよ。ここにいたんじゃ、さびしいし、さむいでしょうからね」

ベッツィ・メイは、まどをしめ、にんぎょうをさがしはじめました。にんぎょうはすぐにみつかりました。へやのすみにおいてあったのです。それは、ルーシーという女《おんな》の子《こ》の古《ふる》いにんぎょうでした。

ベッツィ・メイは、ルーシーについていたほこりをはらい、ぎゅっとだきしめました。

「もうだいじょうぶよ。あたしのきれいであったかいベッドに、つれてってやりますからね」と、ベッツィ・メイはいいました。

ベッツィ・メイは、ちょんちょんとつまさき立《だ》ちで出口《でぐち》まであるいていき、ドアをあけようとしました。ところが、どうしたことでしょう。ドアがあきません!

ベッツィ・メイは、なんどもなんども、ドアのとってをひいてみました。でも、やっぱりだめです。きっとさっきの風《かぜ》が、いきおいよくドアをしめたとき、外《そと》がわにあるかけ金《がね》がおりてしまったのです。どうしましょう、それでは、あくはずがありません。ベッツィ・メイは、やねうらべやにとじこめられてしまいました！

ベッツィ・メイは、いったいどうしたらいいか、わかりませんでした。もし、ナニーさんやママを大声《おおごえ》でよべば、またベッドからぬけだしたことがばれて、こっぴどくおこられてしまいます。でも、このまま、朝《あさ》になるまでいるわけにもいきません。そうするには、ここはさむすぎました。

ベッツィ・メイは、ふるえながら、トランクにはいっていたひざかけをひっぱりだしました。そして、古《ふる》いクッションの上《うえ》にこしをおろし、ひざかけにくるまりました。それから、ルーシーをぎゅっとだきしめると、ここがこんなにくらくなければいいのに、とおもいました。

ベッツィ・メイは、だんだんつかれてきて、そのままよこになりました。すると、どうなるかわかりますよね？　そう、それから二分後《にふんご》には、もうぐっすりねむりこんでしまったのです。

こんなふうにして、ベッツィ・メイは、やねうらべやで、にんぎょうのルーシーといっしょにねむってしまいました。けれども、だれもそのことをしりませんし、そもそも、ベッツィ・メイが、ベッドをぬけだしたなんて、だれもおもってもみませんでした。

ナニーさんは、夜《よる》の十時《じゅうじ》になってやっと、ベッツィ・メイはちゃんとねたかしらと、へやをみにいきました。

ところが、ベッツィ・メイがいません！　これはいったいどうしたことでしょう！　ナニーさんは、ベッツィ・メイのへやから、あわててとびだしました。

「ベッツィ・メイが！　ベッツィ・メイがいない！　どこにいったの？　ベッツィ・メイ！　だれか、だれか！　ベッツィ・メイが！」

その声《こえ》をききつけて、こいぬのタビーが、キャンキャンなきながらはしってきました。ママとパパもやってきて、ナニーさんから事情《じじょう》をきくと、びっくりして、あたふたしました。

「ベッツィ・メイ！　どこにいったの？」

ママが、やねうらべやへつづく階《かい》段《だん》をのぼっていきました。でも、かけ金《がね》はおりていました。

「ここにいるはずないわ」と、マ

マはいいました。「かけ金《がね》がおりてて、カギがかかってるもの」

「いちおう、みてみます」ナニーさんは、まっ青《さお》な顔《かお》でいいました。

ナニーさんは、かけ金《がね》をあげて、ドアをあけました。そして、もっていたランタンをかかげて、中《なか》をてらしてみました。このへやには、電灯《でんとう》がなかったからです。

すると、古《ふる》いクッションの上《うえ》に、ベッツィ・メイが、ルーシーをだいてねているではありませんか！

「ああ！　いました！　いましたよ！」ナニーさんは、あまりのうれしさに、なきだしそうになりながらいいました。「ほら、ぐっすりねむっています。さぞさむかったでしょうに。きっと、このにんぎょうをとりにきたんですよ……。あっ、だいじょうぶです。わたしが下《した》まではこびます」

ベッツィ・メイは、ねむったままベッドにはこばれました。ふとんの中《なか》には、あたたかい湯《ゆ》たんぽがいれられました。ママと、ナニーさんと、パパは、ベッツィ・メイがみつかって、ほっと、むねをなでおろしましたが、夜《よる》、ベッドをぬけだすベッツィ・メイのくせが、しんぱいでなりませんでした。

よく朝《あさ》、ベッツィ・メイがおきたとき、まずあたまにうかんだことは、ピーターのたんじょう日《び》パーティーのことでした。それは、きょう！　きょう！　きょうなのです！

ベッツィ・メイは、ベッドから、ガバッとおきあがりました。すると、ルーシーと目《め》があいました。とたんにベッツィ・メイは、きのうの夜《よる》のことをおもいだしました。

「あたし、どうやってベッドにもどったのかしら？」ベッツィ・メイは、首《くび》をかしげてかんがえました。「ああ、きっとだれかが、ここまではこんできてくれたんだわ。そしたら、あたし、おこられる。ええ、まちがいっこないわ……」

けれども、ベッツィ・メイは、だれからもおこられませんでした。おこられはしませんでしたが、みんな、かなしい顔《かお》をしていました。ベッツィ・メイが、またベッドからぬけだしたからです。それに、ベッツィ・メイは、おきてからずっと、鼻《はな》をズビズビさせていました。それだけでなく、コンコンと、せきまでしていました。

「かぜをひいたのね、ベッツィ・メイ」と、ナニーさんはいいました。「ごらんなさい、こんなに鼻水《はなみず》がたれて。せきまでしてるじゃありませんか。もう一《いち》ど、ベッドへもどりなさい」

「ハクシュン！」ベッツィ・メイは、くしゃみをしました。「でも、きょうは、ピーターのたんじょう日《び》よ、ナニーさん。ハクシュン！」

「そんなちょうしじゃ、パーティーにはいけるはずありません」ナニーさんはそういいながら、ベッツィ・メイをベッドにもどし、ふとんでくるんでくれました。「もし、あなたがパーティーにいったら、ピーターのママが、そっくりそのまま、すぐにうちまでおくりかえすことになりますよ」

「でも、どうして？　どうして、あたしこうなっちゃったの？　きのうまで、かぜなんかひいてなかったのに！」

「そりゃ、かぜだってひきます」と、ナニーさんはいいました。「夜《よる》にベッドからぬけだしたんですからね。そのうえ、スリッパもはかず、ガウンもきず、夜《よる》のうちの半分《はんぶん》をさむいやねうらべやですごしたなら、なおさらです。きのうは、みんなをしんぱいさせて、がっかりさせたんですよ。あなただって、かぜをひいちゃったから、おなじくがっかりね、かわいそうだけど。もし、ピーターのたんじょう日《び》パーティーにいけないことがふまんで、だれかにもんくをいいたいなら、それは、ばかなことをした、じぶんじしんにいうしかないわね」

ベッツィ・メイは、ピーターのたんじょう日《び》パーティーにいけなくなったことをこうかいしながら、ベッドでやすみました。とてもかなしかったのですが、だれかにもんくをいったり、ないたりしませんでした。ぜんぶ、じぶんのせいだとわかったからです。

その夜《よる》、ベッツィ・メイは、おやすみなさいのキスをしにきたナニーさんにいいました。

「ナニーさん。もう、となりのへやですわってなくてもいいわ。あたし、ベッドからぬけだしたりしない。ナニーさんは、きのうの夜《よる》のことでおこったりしなかったけど、あたしは、じぶんにおこったの。それで、もうあんなことしないって、じぶんとやくそくしたの」

「そう、えらいわ。じゃあ、そのやくそく、ずっとまもってくれますか?」と、ナニーさんはいいました。

「ええ。ずっと」と、ベッツィ・メイはこたえました。

ベッツィ・メイは、それから二《に》どと、夜《よる》、ベッドからぬけだすことはしなかったんですって。

9

ベッツィ・メイと
キッチンストーブ

ある日《ひ》の午後《ごご》、ナニーさんは、町《まち》に買《か》いものにでかけることにしました。ベッツィ・メイも、いっしょにいけることになりました。

「おもちゃ屋《や》さんをみたいな」と、ベッツィ・メイはいいました。「ねえ、ナニーさんが、買《か》いものしてるあいだ、おもちゃ屋《や》さんのショーウィンドーをみててもいい？　ぜったいうごかないって、やくそくするから」

「いいでしょう」ナニーさんはそういって、ふたりはでかけました。

こいぬのタビーもついてきました。タビーは、さんぽがうれしいらしく、ふたりの足《あし》にまとわりついてきました。ベッツィ・メイは、うろうろせずに、ナニーさんのうしろにちゃんとついていきました。

町《まち》につくと、ナニーさんはまず、本屋《ほんや》さんに用《よう》がありました。本屋《ほんや》さんのとなりがおもちゃ屋《や》さんでしたので、ベッツィ・メイはさっそく、ショーウィンドーのおもちゃをながめることにしました。

「じゃあ、やくそくよ。ここからはなれないでちょうだいね」と、ナニーさんはいいました。

「うん、ぜったいここにいるわ」と、ベッツィ・メイはこたえました。

そこでナニーさんは、本屋《ほんや》さんにはいり、ベッツィ・メイは、鼻《はな》のあたまをガラスにおしつけながら、ショーウィンドーにならぶ、おもちゃをながめました。

ベッツィ・メイは、おもちゃ屋《や》さんのショーウィンドーが、この町《まち》でいちばんだとおもっていました。

ショーウィンドーのいちばんおくには、大《おお》きなにんぎょうが三《みっ》つならんでいました。ひとつは赤《あか》ちゃんで、もうひとつは男《おとこ》の子《こ》、さいごのひとつは女《おんな》の子《こ》のにんぎょうでした。男《おとこ》の子《こ》のにんぎょうは、リードをにぎっていて、そのさきには、タビーそっくりの犬《いぬ》がつながれていました。ベッツィ・メイは、タビーをもちあげて、「ほら、みて。あなたにそっくり」と、いいました。

それから、ボートが二《に》そうと、船《ふね》が一《いっ》そうありました。それに、きかんしゃが客車《きゃくしゃ》を三両《さんりょう》ひいて、せんろをはしっていました。せんろのとちゅうには、トンネルと、しんごうきと、えきがあって、プラットホームには、小《ちい》さなにんぎょうが立《た》っていました。

ベッツィ・メイは、すみからすみまで、目《め》をさらのようにしてながめました。

すると、ショーウィンドーのかたすみに、とってもかわいいものをみつけました。

それは、ドールハウス用《よう》の小《ちい》さなキッチンストーブでした。

ベッツィ・メイは、じぶんのドールハウスをもっています。そのドールハウスには、台所《だいどころ》と、客間《きゃくま》と、寝室《しんしつ》が二《ふた》つありました。ところが、台所《だいどころ》にキッチンストーブがありませんでした。ベッツィ・メイは、それをずっとざんねんにおもっていたのです。だって、キッチンストーブがなければ、にんぎょうたちは、なにも料理《りょうり》ができないんですもの。

ベッツィ・メイは、キッチンストーブをじっとみつめました。キッチンストーブについているオーブンのとびらが、すこしあいています。とびらには、小《ちい》さなとってがついていて、うちの台所《だいどころ》にある、ほんものとそっくりです。さらにキッチンストーブの上《うえ》には、小《ちい》さな水《みず》きりかごまでついています。

「ごはんをたべたあと、お皿《さら》あらいまでできるわ」と、ベッツィ・メイはかんがえました。「ぬれたお皿《さら》をおいて、かわかすことができるもの。ああ、キッチンストーブが、あたしのドールハウスにもあったらなぁ！　あれがとってもほしい」

そのとき、ナニーさんが本屋《ほんや》さんからでてきました。ベッツィ・メイは、ナニーさんにキッチンストーブをみせて、ききました。

「ねえ、あれっていくら？　あのキッチンストーブがほしいの。一《いち》ペニーぐらい？　一《いち》ペニーだったら、あたしもってるから、買《か》えるんだけど」

「ギリーさんにきいてみましょう」

ふたりは、おもちゃ屋《や》さんにはいって、お店《みせ》の主人《しゅじん》のギリーさんに、キッチンストーブがいくらするのか、たずねました。

ギリーさんは、ショーウィンドーからキッチンストーブをとりだすと、カウンターにおき、ベッツィ・メイによくみえるようにしてくれました。ちかくでみると、ますますかわいくみえました。

オーブンのとびらは、ちゃんと開《あ》け閉《し》めができますし、ストーブの上《うえ》には、なべや、やかん、フライパンがおけるようになっていました。ギリーさんは、わざわざ、なべと、やかんと、フライパンをのせてみせてくれました。

「ほら、こうやってあたためるのよ」と、ギリーさんはいいました。「このキッチンストーブは、ぜんぶで六《ろく》ペンスです」

「ええ⁉ あたし、一《いち》ペニーしかもってない！」と、ベッツィ・メイはいいました。

「どうしてもほしいなら、あと五《ご》ペンス、ためるしかないわね。さ、もういきますよ」と、ナニーさんがいいました。

ベッツィ・メイは、お店《みせ》をでると、キッチンストーブのほうをふりかえりました。いままで、これほどほしいとおもったものは、ありません。なんとしてでもお金《かね》をため、できるだけはやく買《か》いにこよう。ベッツィ・メイは、そうこころにきめました。ベッツィ・メイは、ギリーさんが、キッチンストーブをもとの場所《ばしょ》にもどすところまで、みつめていました。

その日《ひ》からさっそく、ベッツィ・メイは、お金《かね》をためることにしました。

つぎの日《ひ》、ジャネットおばさんがあそびにきました。ジャネットおばさんは、おこづかいに一《いち》ペニーくれました。

これで二《に》ペンスです。

それからなん日《にち》かして、フレッドおじさんと、道《みち》でばったりあいました。フレッドおじさんも、やっぱりおこづかいに一《いち》ペニーくれました。

「これでキャンディーでも買《か》うといいよ」と、フレッドおじさんはいいました。

「ありがとう、フレッドおじさん。でも、キャンディーを買《か》わなくてもいい？　あたし、ドールハウスのキッチンストーブを買《か》うのに、お金《かね》をためてるの」

「えらいねぇ！　もちろん、それにつかっておくれ」フレッドおじさんはそういって、わらいました。

これで三《さん》ペンスです。

そして、土《ど》よう日《び》がきました。土《ど》よう日《び》はまいしゅう、パパから一《いち》ペニーもらえる日《ひ》です。

これで四《よん》ペンスになりました。

それからしばらくは、おこづかいをもらえませんでした。ベッツィ・メイは、だんだんふあんになってきました。もし、だれかがさきに、あのキッチンストーブを買《か》ってしまったら、どうしましょう。

「あたし、もうちょっとお金《かね》がほしいんだけど……」ある日《ひ》、ベッツィ・メイは、ナニーさんにいいました。「なにか、お手《て》つだいできることってない？」

「そうねぇ」と、ナニーさんはいいました。「あ、たしか、ビドルさんが、だれか庭《にわ》のしき石《いし》のあいだの草《くさ》ぬきを手《て》つだってくれんかなぁって、いってたわよ。それを手《て》つだったら、きっとママが、おだちんをくれるんじゃないかしら」

「やる、やる!」ベッツィ・メイはそういって、さっそくママにききにいきました。

ママのこたえは、もちろん「いいわよ」でした。

そこでベッツィ・メイは、その日《ひ》の午前《ごぜん》ちゅうずっと、ビドルさんを手《て》つだって、しき石《いし》のあいだのざっ草《そう》をぬきました。草《くさ》ぬきは、なかなかほねのおれるしごとでした。ゆびさきがいたくなりましたが、ベッツィ・メイは、がんばってやりとげました。ぶじにおわると、ママは、やくそくどおり、まあたらしい、キラキラした一《いち》ペニー硬貨《こうか》をくれました。

「あと、一《いち》ペニーよ」ベッツィ・メイは、ナニーさんにいいました。「もう五《ご》ペンスたまったから、あと一《いち》ペニーで、キッチンストーブが買《か》えるわ」

ベッツィ・メイは、どうすれば、あと一《いち》ペニーが手《て》にはいるか、いっしょけんめいかんがえました。すると、ナニーさんがいいました。

「じゃあ、こうしましょう。わたしは、あなたのへやのテーブルにお花《はな》をかざりたいの。だから、あなたの花《か》だんからお花《はな》をつんできてちょうだい。そしたら、そのお花《はな》をわたしが買《か》いとりましょう」

「ほんとう？　ナニーさん、ありがとう！」ベッツィ・メイはそういって、庭《にわ》へはしっていきました。

ベッツィ・メイは、じぶんの小《ちい》さな花《か》だんにさいていた、ヤグルマソウと、ポピーと、バージニアンストックと、キャンディタフトをつんで、花《はな》たばにしました。それから、じぶんのへやへはしっていくと、小《ちい》さな花《か》びんに花《はな》たばをさし、ナニーさんにみせにいきました。

「ねえ、これでどう？　半《はん》ペニーか、一《いち》ペニー分《ぶん》になる？」と、ベッツィ・メイはききました。

「まあ、きれい！　ええ、これなら一《いち》ペニーはらう価値《かち》は、じゅうぶんあるわ」

ナニーさんはそういって、ベッツィ・メイに一《いち》ペニーくれました。

やりました！　ついに六《ろく》ペンスです。

ベッツィ・メイは、とてもよろこびました。

「じゃあ、あとで、いっしょにキッチンストーブを買《か》いにいってくれる？　あ、きっとピーターもいっしょにいくっていうわ。きょう、うちにあそびにくるんでしょ？」

ところが、午後《ごご》、ピーターはきませんでした。ピーターのママだけが、かなしそうな顔《かお》でやってきました。

「ピーターは？」と、ベッツィ・メイがききました。

「ごめんなさい。ピーターは、こられないの。けがしちゃったのよ」と、ピーターのママがいいました。「けさ、庭《にわ》の高《たか》い木《き》にのぼってたら、おっこちて、あたまと、うでと、足《あし》をけがしちゃったの。いまはベッドにねてて、たぶん一週間《いっしゅうかん》ぐらい、じっとしてなきゃだめみたい」

「まあ！　かわいそうなピーター！」と、ナニーさんがいいました。「わたしたち、いまから町《まち》へいくところだったから、おみまいにおかしでも買《か》ってきますわ。ずっとねたきりだなんて、つらいですもんね」

「ありがとうございます」と、ピーターのママはいいました。「わたしもちょうど、ピーターに、なにか買《か》ってこようとおもってでてきたんです。ピーターは、がっかりしてるから、ベッツィ・メイがおみまいにきてくれたら、きっとよろこぶわ。ナニーさん、あとで、ベッツィ・メイをつれてきてくれるかしら？」

「もちろん、うかがいます」と、ナニーさんはいいました。

ベッツィ・メイは、びっくりしたまま、ピーターのママをみつめていました。

「とってもいたかったの？」と、ベッツィ・メイはききました。

「あたまをうっちゃったから」と、ピーターのママはこたえました。「ずっとないてたわ。ちょうどあした、どうぶつえんにいくことになってたから、よけいにね」

ベッツィ・メイは、ピーターがかわいそうでなりませんでした。なにかピーターにあげて、ちょっとでも元気《げんき》になってもらいたい、とおもいました。そのとき、手《て》ににぎっていた六《ろく》ペンスのことをおもいだしました。

「はぁ」ベッツィ・メイは、大《おお》きなためいきをつきました。「あたし、この六《ろく》ペンスで、ピーターになにか買《か》ってあげる。はやく元気《げんき》になってほしいもの」

「でも、それ、キッチンストーブを買《か》うためにためたお金《かね》でしょう？」ナニーさんは、おどろいていいました。

「うん。だけど、ピーターが木《き》からおっこちちゃったんだもの。キッチンストーブのお金《かね》は、またためる」

ベッツィ・メイは、ナニーさんと、おもちゃ屋《や》さんへいきました。そこで、さいしょにみたおもちゃは、馬《うま》にのった兵隊《へいたい》さんでした。ピーターは、ぜったい気《き》にいるでしょう。ねだんも、ちょうど六《ろく》ペンスでした。ベッツィ・メイは、それを買《か》うことにしました。包装紙《ほうそうし》でつつんでもらうと、ギリーさんに、もってるお金《かね》をぜんぶわたしました。

それから、ベッツィ・メイとナニーさんは、ピーターの家《いえ》にいきました。ピーターは、あたまに大《おお》きな白《しろ》いほうたいをまいて、ねていました。顔《かお》は青《あお》ざめていて、とてもかなしそうでした。ベッツィ・メイは、いいました。

「おみまいにきたわよ、ピーター。ほんとに木《き》からおっこっちゃったの？」

「うん。ドシン！　とね」ピーターはそういって、両手《りょうて》でかけぶとんを、バンッ！　とたたいてみせました。「とってもいたかった」

「これ、プレゼント」と、ベッツィ・メイはいいました。「あたしがおもちゃ屋《や》さんで買《か》ったの。とってもいいものよ」

ピーターは、包装紙《ほうそうし》をあけて、馬《うま》にのった兵隊《へいたい》さんをとりだしました。すると、おもわず目《め》をまるくしました。

「わあ、ベッツィ・メイ！　ありがとう！　すっごくかっこいい！」と、ピーターはいいました。「これ、ちょうどほしいとおもってたんだ。これなら、たいくつしないぞ。ベッドの上《うえ》でだって、あそべるもの。ベッツィ・メイって、とってもやさしいんだね」

ベッツィ・メイもうれしくなって、むねの中《なか》が、あたたかくなりました。ピーターのためにお金《かね》をつかって、ほんとうによかった。

ベッツィ・メイは、ピーターのへやで、三十分《さんじっぷん》ほどすごしました。すると、ナニーさんが、「じゃあ、そろそろかえりましょう」といいました。ベッツィ・メイが、「バイバイ」といって、へやからでようとしたとき、ピーターがよびとめました。

「そうだ、ちょっとまって、ベッツィ・メイ！　ぼくも、きみにプレゼントがあるんだ。これ、エレンおばさんから、きょうとどいたんだけど、ぼく、女の子《おんなのこ》じゃなくて、男の子《おとこのこ》だからね、あんまり気《き》にいらなかったんだ。はい、どうぞ。きみにあげるよ」

ピーターがそういって、とりだしたものは、なんだったでしょう。なんと、それは、小《ちい》さなキッチンストーブでした！　やかんと、フライパンと、おなべがついた、ドールハウス用《よう》のキッチンストーブだったのです！

ベッツィ・メイは、まじまじとみつめました。じぶんの目《め》が、とてもしんじられなかったのです。

「まあ、まあ！」と、ナニーさんがさけびました。「ベッツィ・メイは、ドールハウスのキッチンストーブがほしくてためたお金《かね》を、ピーターのためにつかったのよ。そのキッチンストーブをピーターがもっていて、ベッツィ・メイにくれるだなんて！　ベッツィ・メイ、よかったわね。神《かみ》さまって、ちゃんとみててくださってるのね」

ベッツィ・メイは、キッチンストーブをうけとり、大《おお》よろこびでうちへかえりました。キッチンストーブは、ドールハウスにぴったりでした。

それからというもの、ベッツィ・メイのにんぎょうたちは、まいばん、ごはんをつくれるようになったということです。

訳者《やくしゃ》あとがき

ベッツィ・メイは、もうすぐ六歳《さい》になる女の子です。お父さんと、お母さん、それから乳母《うば》のナニーさんといっしょにくらしています。ふだんは素直《すなお》で明るい子ですが、「赤ちゃんみたい」といわれると、怒《おこ》ったり、泣《な》いたりしてしまいます。人形《にんぎょう》と遊《あそ》ぶことが大好《だいす》きで、この本では、そんな人形たちとのお話が多く収《おさ》められています。

お話は九つあり、どれも、だれの日常《にちじょう》にも起《お》こりそうなことばかりです。子どもの日々のできごとや、感情《かんじょう》の起伏《きふく》をていねいに切りとってみせてくれるので、読者《どくしゃ》は、自然《しぜん》とベッツィ・メイに自身《じしん》を重《かさ》ね、まるで我《わ》がことのように物語《ものがたり》を体験《たいけん》するでしょう。

また、子育《こそだ》て中のおとなにとっても、いろいろなヒントがちりばめられています。例《たと》えば、ナニーさんをはじめとするおとなたちは、ベッツィ・メイに、あれしろこれしろと、あまり強要《きょうよう》しません。ベッツィ・メイの自主性《じしゅせい》を大事《だいじ》にしているのです。ちょっとしたアドバイスやきっかけを与《あた》え、あとは本人が感《かん》じ、動《うご》きだすのを待《ま》っています。時間がかかり、忍耐《にんたい》のいることですが、子どもは、自ら考え、行動《こうどう》することによって、成《せい》長《ちょう》していくのだと信《しん》じさせてくれます。

この本の作家、イーニッド・ブライトンの子育《こそだ》てはどうだったかというと、ブライトンは、ふたりの娘《むすめ》、ジリアンとイモジェンをさずかりましたが、娘たちが子ども盛《ざか》りであった一九三〇年代《ねんだい》から四〇年代は、作家として脂《あぶら》が乗《の》っていた時期《じき》でしたので、そのほとんどの時間を執筆活動《しっぴつかつどう》に費《つい》やしていました。よって、家事《かじ》や子育てなどは、ほぼ乳《う》母《ば》にまかせ、我《わ》が子とふれ合う時間をあまりもたなかったようです。娘たちとすごすのは、おやつの後の一時間と決《き》め、外出は、たまに妹のイモジェンをつれて、姉のジリアンを学校へ迎《むか》えにいくぐらいでした。生涯《しょうがい》八百以上《いじょう》の作品《さくひん》を残《のこ》したブライトンですから、この話にもうなずけますし、きっと、ジリアンとイモジェンは、ナニーさんのような乳母に育てられたのでしょう。

この本に挿絵《さしえ》を描《か》いたジョーン・G・トーマスとは、「テディ・ロビンソン」シリーズや、『思い出のマーニー』を書いた作家、ジョーン・G・ロビンソンのことです。ロビンソンは、「最初《さいしょ》は、他《ほか》の作家さんの文章《ぶんしょう》に挿絵をつけていましたが、満足《まんぞく》できず、しだいに自分でもお話を書くようになりました」といっているとおり、一九五三年に「テディ・ロビンソン」シリーズの一冊目《さつめ》と、『おはようスーちゃん』を発表《はっぴょう》しました。『おはようスーちゃん』は、全体的にこのベッツィ・メイのお話とよく似《に》ています。この作品《さくひん》が発表されたのが一九四〇年ですから、きっと『おはようスーちゃん』を書くにあたり、影響《えいきょう》なり、きっかけなりを与《あた》えたのではなかろうか、と推察《すいさつ》できます。なお、今回は、遺族《いぞく》の希望《きぼう》から、原書どおり旧姓《きゅうせい》のトーマスと表記《ひょうき》しました。

また、日本語版《にほんごばん》を刊行《かんこう》するにあたり、一冊《さつ》の原書を二分冊にしました。もう一冊は、『ベッツィ・メイとこいぬ』という本です。あわせて楽しんでもらえたら幸《さいわ》いです。

二〇一五年四月

小《こ》宮《みや》由《ゆう》

イーニッド・ブライトン（1897-1968）
イギリスのロンドン生まれ。10代のころから物語や詩を書きはじめ，25歳で作家デビュー。「おちゃめなふたご」シリーズ（ポプラ社），「シークレット・セブン」シリーズ（オークラ出版），「五人と一匹」シリーズ（実業之日本社），「冒険」シリーズ（新学社）など，ミステリー，学園もので人気を博し，作品は800冊にのぼる。

ジョーン・G・トーマス（1910-1988）
イギリスのバッキンガム州生まれ。イラストを学び，クリスマスカードや挿絵を描くうちに，結婚・出産を経て，自らもジョーン・G・ロビンソンの名前で物語も書くようになる。「テディ・ロビンソン」シリーズ（福音館書店，岩波書店），『おはようスーちゃん』（アリス館）など。

小宮 由（1974- ）
翻訳家。東京・阿佐ヶ谷で「このあの文庫」を主宰。『ジョニーのかたやきパン』『せかいいちおいしいスープ』『おかのうえのギリス』（以上，岩波書店）など訳書多数。

ベッツィ・メイと にんぎょう
イーニッド・ブライトン作　ジョーン・G・トーマス絵

2015年5月26日　第1刷発行

訳 者　小《こ》宮《みや》 由《ゆう》

発行者　岡本 厚

発行所　株式会社 岩波書店
〒101-8002 東京都千代田区一ツ橋2-5-5
電話案内 03-5210-4000
http://www.iwanami.co.jp/

印刷・精興社　製本・三水舎

ISBN 978-4-00-115669-0　　Printed in Japan
NDC 933　126 p.　20cm